追憶ハ雪

Tsuioku wa yuki
Saito Daiyu
Senryu-collection

斎藤大雄川柳句集

新葉館出版

追憶ハ雪

一行書く昨日と同じ行を書く

汗ぽとり生きる証を誇張する

地吹雪の真ん中にいた仏たち

妻の眼をそっと避けてる二日酔い

もういちど逢いたい人に傘を借り

鬼と酔い仏と酔っている孤独

地酒ほろ雪国ほろろ独り酌む

火の酒を煽れば吹雪赤くなる

欲かなし真っ赤へ赤をぬりたがり

いのち一枚輪廻のなかで眠りこけ
地図ひらく独りでひらく過去いくつ
蓮の座のほろほろ酒よ愛ほろろ

ちょこなんと母座ってた裏表紙

memoir.1

僕には母が二人いる。実母と義母だ。ときどき実母と義母のイメージがダブって僕の人生を支えてくれている。義母は五十代から躁鬱症に悩まされ入退院を繰り返していた。あまりにも気持ちが優しく、純粋なので躁鬱症になったのではないかと思う。

ある日、深夜に書斎に入ってきた彼女は僕の仕事をじっと眺めていた。僕が振り返ってもニヤッと笑うだけでじっと座っていた。

僕は二十六歳のときに結婚して齋藤家に養子にきた。妻は三人姉妹の長女だったので齋藤の姓を継いだのである。それを義母はすまながり、「兄さん、兄さん」と可愛がってくれた。食事をするのにも、風呂に入るのも、長兄として扱ってくれた。

その義母が、ある日、捨ててあった針金に引っかかって転倒して、家事ができなくなってしまった。そんなショックから鬱症状になり、その反動で躁症状にもなった。

僕の書斎でじっと仕事を見詰めていた義母は突然しゃべりだした。「たんぽぽが咲き誇った草原で私を呼ぶ人がいるの。私が蝶を追いながら走っていくと、来ちゃ駄目と兄さんが言うのよ。恐かった」。

義母は臨界死したんだなと、僕は思った。そして彼女の手を握って、「まだまだ長生きするんだよ」と彼女の涙を拭いてやった。

別れたい人を待ってる雪のんのん

どしゃぶりへ約束が来た愛が来た

むかしむかしが川にいた下駄をぬぐ

仏にも母にも似てた石拾う

愛も苦もいのちがひとつ夫婦船

十二支を五つ重ねた春の音

これからに人生がある古希の春

また酒に負けた河童のテンツクテン

訪ねれば仕掛け花火の美しさ

忍と苦は負けない母の私小説

地球くるくるいのちひとつへ初日の出

なにもない母にはちゃんと愛がある

悲しみをきれいに折って母の帯

花時計遅刻はいわぬ愛の街

死者が行く生者は死者に逆らわず

ペン先が眠る時間が起きている

memoir.2

僕が寝床に着くのは早くて午前二時過ぎで、四時、五時になることはしょっちゅうである。何度か朝型に切り替えようと試みたが、いまだに深夜型の生活を繰り返している。

ひと仕事終えて飲む酒にはなんともいえない充実感がある。酒はウイスキーでも焼酎でもブランデーでも日本酒でも何でもいい。

味覚というより酔い方の違いを楽しんでいるのだ。

ほろりと酔って、ペンを進めるには日本酒では駄目だ。ウイスキーの水割りがいい。思考がロマンチックになるので、恋物語などには打ってつけの思考喚起飲料である。日本酒だとどうしても酒に負けてしまう。

深夜、猛烈に睡魔が襲ってくることがある。目を開くのがやっとで、ペンを持ったまま桃源郷にゆくことしばしばである。

十五分から三十分くらい仮眠してから机に向かうと目も頭も冴えるのであるが、そのまま寝てしまうのではないかと思うと、なかなか仮眠もできない。

寝不足が日常茶飯である私は立って眠ることのできるほどの仮眠名人である。人と話をしているときや、講義をしているときに仮眠することもある。

永遠の眠りが訪れるときまで私は仮眠を続けるのであろう。

燃えつきる命のしずく汗ぽとり

北風へぴんと生きてる宗谷の子

もう来ない人を待ってた花暦

夫婦愛いつも奇数を割っている

いつの間になにか忘れた鬼太鼓

疲れてる嫉妬静かに酢につける

朝刊を食べてる盛ってるあ、夫婦

過去の朱をひたすらぼかすだけの秋

寒の月敗者の背なの人らしさ

うれしい日母の小鉤に陽がとどき

祖母の針時計も風も黙りこみ

山椒魚石に恋して石になる

酒ほろろ雪に転んで雪となる

memoir.3

晩秋にのむ酒もうまいが、真冬に飲む酒もうまい。のんのんと降る雪のなかを酔いながら歩き続けるのも気持ちがいい。まつ毛にふりかかる雪を顔のほてりがとかすのである。とけた雪が眼に入って涙となって流れる。人っこ一人歩いていない真夜中に、俺という酔っ払いが一人で歩いている。泣こうと笑おうとわめこうと誰に迷惑をかけるわけではない。

わが家の近くに北辰中学校がある。その前を通過して、校庭の横を通って帰るのが毎日の通いなれたコースだ。

こんなときに雪おんなでも出て来てくれたならば、などとロマンチックなことを思っていると、ステンとすべって新雪の中に首を突っ込んでしまった。起き上がろうと手を突くと手が雪の中にぶつぶつと埋まってしまう。こりゃ大変と思ってもう片方の手で支えようとすると、その手も雪の中に埋まってしまった。

ままよ、急ぐ旅でもないのだとたかをくくって大の字になって寝てやった。

天から降ってくる雪の花は何を急いでいるのか競い合いながら降りてくる。ワーイ、頑張れ、頑張れ、何のためにそんなに急いで地に降りなければならないんだ。バカヤロー。

何も不純な娑婆に急いで降りてくる必要などないのに、天へ戻って清純な真っ白な姿でいたほうがいい。その方が幸せなのではないか。俺だってできることなら天へ行き、君たちと一緒に暮したいんだ。バカヤロー。

叫んでいるうちに着ていたオーバーコートの上へどんどんと雪が積もっていく。このまま埋まってしまったら俺も雪になれるかもしれない。そうだ、このまま眠ってしまったら、きっと雪になれるんだ。そう思ったとたん、凍死するかもしれないぞ、と冷えていった大脳がささやいた。

昔、酔っ払いがこの北辰中学校の校庭を家と間違え、雪の中で上着もズボンも脱いで、雪の上にきちんと畳んで眠りこけ、そうして凍死したという話を新聞記事で読んだことがある。

今日は雪になることをやめにした。そして、よっこいしょと起き上がり家路についた。

いつの日か、本当に雪になろうかな、などと思っている。

恋人がまだおりませんちゃっきりな

外の雪背で知っている祖母の針

流氷を見にきた許す恋ひとつ

月へ恋して狼ぞ風となる

口で割る箸は漫画を食べつくし

憎いのも好きだったのも長い雨

低い屋根ならんで愛が恋がある

出稼ぎが帰る地蔵のかざぐるま

白鳥の恋ぞ旅立つ日に発たず

飲み足らぬのにバンザイで追い出され

小鬼たちさびしさごっこして不眠

北の駅からもう帰らない竹とんぼ

背をむけりゃ他人になれる石の街

秋の恋きれいに捨てた雪うさぎ

流氷の音から漁夫は眠くなる

うしろ羽にまだ愛がある鬼やんま

空蝉に過去をもどした恋ひとつ

少し好きたくさん好きでおともだち

memoir.4

あるとき、偶然ホテルのエレベーターで一緒になった。行き先のボタンも同じ階。エレベーターの個室にふたりきり。

一瞬、僕と彼女を男と女に戻した。しかし僕は彼女を抱き寄せたい気持ちを抑えてエレベーターを降りた。部屋は隣同士であった。

ふたりは三十年来のつきあいであるが、手を握り合うことすらなかった。清い仲といえば聞こえがよいが朴念仁と言われればそうかなとも思う。

僕はその女が嫌いではなかった。むしろ好きであった。いや尊敬をもしていた。その尊敬の念がふたりを近づけようとしなかったのかもしれない。

宴会が終わり、二次会で唄い、三次会でまたふたりきりになった。次から次へと冗談が出て楽しい時間が過ぎていった。そのとき、ぽきんと静寂が訪れた。

「どうして、あのとき抱き寄せてくれなかったの」と彼女は言った。「私はずーっと待ち続けていたのよ」と涙した。

僕はその涙へそっと唇をあてた。

「もう遅い」と女は笑った。

そしてホテルへ戻って、別々に部屋の鍵を開けた。

愛と書きめしとも書いて男の譜
別れだけ積んで北の汽車はしる
焼き捨てた手紙がとどく猛吹雪

塩漬けの恋をもどしてみてる春

二幕目ピエロに涙でるばかり

恋終わる笑い袋を押してみる

紅葉へ敗れて春の金魚死ぬ

悲しさも梳く日もあった母の櫛

足洗う疲れも洗う恋洗う

真夜中にふるふる雪ぞ罪ゆるす

ひと椀を拝んで母の仏たち

いろは坂のぼる男の影がない

口惜しさの酔いたい五体しゃんとなる

みな終わるしなびたみかんだけ残る

齢ひとつ捨てて拾って美酒といる
里へ行く枕の中から汽車が出る
たましいが闇を吸ってく旅まくら

水鉄砲少年が射る姉の恋

memoir.5

僕には五つ年上の姉がいる。四人兄弟の中で一番僕と性格が似ていると思っている。どちらかというと母方の血を引いているようだ。しかし、家族の中で一番怖いのが姉であった。姉にとって僕は「だいゆう」ではなく、弟の「ヒロオ」であった。

姉は職場結婚であるから恋愛結婚ということになる。恋愛中、義兄はよく家に遊びにきた。姉の恋人であることはわかっていたのだが、それを理解してもてなすことはできなかった。なんとなく姉を奪われるような気がしていたのであろう、義兄を好きになれなかった。

ある時僕は竹に穴を開け、手製の水鉄砲を作った。玩具屋で売っているブリキの水鉄砲を買う金はなかったし、あったとしても買えば姉に叱られることくらいはわかっていた。手作りの水鉄砲はよく飛ぶし、的中率も高いのだ。

義兄が遊びにきて、姉の庭いじりを手伝っていた時、僕は二階の窓から手製の水鉄砲を構えた。顔面に的中すると、かなりの水量が全体を覆うことはわかっていた。姉につかまれば折檻されて怖い思いをするのもわかっていた。それでも僕は水鉄砲の引き金を引いた。そして水鉄砲は義兄に的中した。案の定、姉につかまって物置に入れられて鍵をかけられてしまった。

一時間くらい経った頃であったろうか、義兄が助けに来てくれた。

そして僕は義兄が好きになった。

君にやる四つ葉をさがす野のひろさ

生きて死よ死して寄りそう仏たち

流氷がきしむ死人の声がする

かんたんな男よ酒の一本よ

雪のんのん地酒の酔いのあいひとつ

傘ひとつ他人ではない雨の坂

古い墓から冷えてゆく秋の雨

ひとひらの花びらひとつ木に留まり

雨の酒逢いたい人はみな遠し

かぞえ唄庶民やっぱり死んじまい

母の母語れば女にある苦界

針千本おとこおんなの海あふる
お灸あとむかしむかしがまだつづき
春の音たましいひとつ春を舞う

干鱈の骨まで凍てて北の冬

いまにあるいいこと待って夫婦老ゆ

酒ちびりちびり時計を見ずに酔い

生き抜けと仏の掌からまたこぼれ

memoir.6

「背をできるだけまるくして」。麻酔科の医師がいった言葉を最後に完全に意識がなくなった。膀胱摘出手術のために脊髄麻酔を受けたのだった。脊髄麻酔はひとつ間違うと半身不髄になることを聞かされていた僕は、それだけは避けなければと、いたずらっ子に突つかれた芋虫のようにまるくなった。

ふと目を覚ますと妻と看護師長が僕を呼んでいた。「パパ」「サイトウさん」。八時間の手術が、すべてが終わったことを知った。そして手術が成功であったことを知った。そして生きていることを知った。

病名は膀胱全摘術、新膀胱造設であった。すなわち膀胱内に癌ができたため、膀胱を全部摘出し、小腸を三十センチ切除して、巾着を作って膀胱の替わりに植えたのである。よくぞ尿管と尿道を小腸で作った新膀胱に縫い合わせたものだと感心せざるをえない。

死ぬとは思っていなかった。いや死への恐怖はまったくなかった。ただ手術が失敗してベッドでの生活を余儀なくされるのだけは避けたかった。

麻酔が醒め目を覚ましたとき、生きていた喜びはなかった。しかしそのときの僕は、生きていく覚悟をさせられていた。

竹の櫛悲しみだけを知りつくし

悲しさを悲しく酔って酒くささ
しんがりに母いて母のあたたかさ
子のことをぽつり酌婦の根もきれ

闇吸っただけで男のひとりの夜

神つくる天の子地の子奴隷の子

ずっころばし私をあげる人がいず

地の果てに棲み旅役者笑うだけ

仮名で書く母の名働く名で生まれ

屋根があるあめゆきが降る愛がある

してれけに酔って河童のぷろぽおず

おとこ対おんな伏せ字を埋めて老い

すぐ怒る癖のなかなる愛たしか

ひとひとりにくむこころのなかのあい

会者定離ぽつんとひとつめし茶碗

雪おんな死ぬ約束へ梅が咲き

memoir.7

小泉八雲の小説「雪女」は有名であるが、僕が母から聞いた雪女は少し違っていた。

ある若者が野菜を馬車に積んで田舎から町へ売りに出かけた。

野菜を全部売り尽くした若者は石狩街道を家路についた。家の近くへたどりついた頃、若者は馬車を止めて酒問屋に入った。その酒問屋の隅には樽の椅子が置いてあり、樽酒を枡で飲ませてくれた。若者は何杯飲んだか知らないがすっかりいい気持ちになって酒問屋を出た。

ところが酒問屋を出るときにはちらつく程度であった雪がまたたくまに一寸先が見えなくなるほどの猛吹雪に変わっていった。若者は馬を止め、吹雪がおさまるのを待った。そしていつしか眠りこけてしまった。

昼だけが異様に赤い雪女が若者を起こしにきた。長い黒髪が風に舞い狂って吹雪を誇張していた。手招きする雪女に若者はついていった。そして吹雪のなかに消えてしまった。

翌朝、若者は喉を噛み千切られ、流れ出た鮮血が凍っているところを発見されたのだという。

母の教えてくれたこの雪女は、きっと母の創作なのではないかと思う。

でも僕はこの雪女に恐怖を感じながらも憧れていた。一緒に死ねる女。それは雪女しかいないような気がしていた。

今もなお、僕は雪女に憧れている。

奴凧帰るしかない酔いの果て

切り札は母が握って丸い膳

奇蹟なしこれからもなし夫婦老ゆ

夢たべたボクが日かげに落ちていた

恋そっとそおっと捨てて女坂

雪に謝し雨にも謝して祖母の背な

めでたさはいろはかるたのなかで老い

朝のバス夢のつづきが惜しくゆれ
悲話つづくいろりの漁夫の酒かなし
真夜中の雨と語って悔いひとつ

産声の道はひとすじ南無阿弥陀仏

貧しさを車窓自然の美でながめ

一つ老ゆ失うものの多かりし

天地指す御佛の指ためらわず

どちらかが病めばやっぱり夫婦なり

一滴のやがて大河の貌で落ち

慾一つ二つ捨ててく佛の座

窓の雨無口なおんな濡れている

memoir.8

話題のないデートほどつまらないものはない。夫婦ならいざしらず恋人関係にある男と女が、何を考えているのかぽつーんとふたり窓の外を眺めている。しかも外は雨の夜だ。何も見えはしない。この虚ろな時間ほど倦怠を感じさせるものはない。

いずれは別れなければならない女と僕はじっと座っていた。ビールを頼んだのだが、飲む気持ちにはなれなかった。泡が消え、そこには検尿のコップがおいてあるようであった。窓に映る彼女の顔は泣いているようでもあったし、怒っているようでもあった。

思えば付き合い始めて十年は過ぎている。あんなに燃えて、できるだけ二人の時間をつくることに夢中であったのに、いつからだろうか、なんとなく重荷になってきたのは。そうかといって別れようとはしなかった。いや、こちらから別れ話を切り出すことができない。

「さ、帰ろうか」と言ったのだが、彼女の返事がなかった。「今日で、逢うのは最後にしようか」と言ったら返事があったのかもしれない。僕は一人で立った。そしてレジをすませてビアホールを後にした。

あれから何年経ったであろうか。彼女からひょっこり電話がかかってきた。ご主人を亡くされ、いま一人でいるとのことだった。

僕は逢いたいと思ったが止めにした。

人間ばんざい愛といくさはまだつづき

我慢して夫婦だんだん似てしまい

佳い話坐れば妻も子も坐り

怒っても夫婦心で手をつなぎ

いくたびか心で別れ夫婦古り

子に妥協することにして夫婦寝る

連凧のひとつに妻がいて落ちず

いなければ淋しいものに夫婦仲

働ける顔誇張して定年日

賛成の拍手帰りは愚痴ばかり

金貸せと友口にせず去りもせず

大の字に寝ればわが家の小さすぎ

叱られに行く背影から先に入れ

暴力へ勇気がいない人だかり

小虫にも命みつけて佛の日

足跡をたどれば初代荷をかつぎ

出かけたくない日も靴を揃えられ
半分はいただいている遠慮の手
四捨五入すれば苦楽の苦がのこり

足の裏から投げだした悲しさよ

memoir.9

僕の人生の中で母と旅をしたことは一度もない。しかし、何度か母の買い出しについて行ったことがある。そんなときの母さんは僕だけの母になるので、いつも母の買い出しには喜んでついていった。

戦後しばらく、父は樺太に抑留されていたので、僕は母の手だけで育った。

中学一年のときである。食糧難の時代で、米は配給だけでは足りなかった。父の実家は旭川市で農家をしていたので、お米を分けてもらうために母と一緒に出掛けた。

今では札幌から旭川まで一時間半で行けるが、当時は六時間も八時間もかかった。

親戚の農家は遠かった。電車の終点から一時間も歩かされた。やっと着いた実家で、母は足を投げ出していた。よっぽど疲れていたのだろう。こんな姿を見るのは初めてである。足袋を履いた母の足の裏は小さかった。そんな小さな足で二斗の米を背負って帰る母がいとおしかった。そして悲しかった。僕が小さな子供であることが口惜しかった。帰りは僕が二斗の米を背負って帰ろうと腹に決めた。

帰りの汽車の中は混んでいた。僕は米の入ったリュックサックを枕に寝込んでしまった。それでも母と二人きりの旅が嬉しかった。

人間が真ん中にいる猛吹雪

金よりも心を置いてすまながり
城しかと守る女の朝の音
さしだす掌いただくまでの掌がうつろ

別れたい日もいくたびかめおと箸

母といて母あたたかし母の皺

過去ぽつり聞く人もなく母の針

水たまりいのちが写る空の果て

あきらめることも教えて母の過去

道一つ心の糧の灯はけさず

妻も子も母にも言えず友と酌み

ときどきは子に叱られて父の酒

花一輪佛に挿せば佛の香

瞳の底の底も笑って夫婦愛

倖せはさよならをする姿なり

こぼれ酒すする孤影もまたすする

雪国がふるさとらしい酌婦の手

貧しさの順に凍てつく北の街

memoir.10

北海道の冬は寒く、そして哀しい。

開拓当時、北海道の家は、壁もなく板を打ち付けただけのものがほとんどだった。その板の隙間から外が見えたほどであるから、吹雪の夜などは雪が家の中にまで入ってきた。ひと冬に何回かは、朝起きると家の中に雪が積もっていることがあったほどだ。

また、朝、目を覚ますと掛け布団の縁から氷柱が下がっていた。吐く息が布団の縁にあたり、寒さのために氷柱になるのである。このように、ほとんどの家庭はマイナス十何度という寒さの中で寝起きをしていた。そんな寒さの中でも風邪をひいた記憶がない。寒さに順応した五体になっていたためであろう。

雪の量も多かった。玄関が埋まり、窓から出入りしなければならないこともあったほどだ。子供のころは屋根からスキーで滑った記憶もある。屋根と大地がひとつづきになるほどに雪が積もったのである。

いま思うと人間の住む家ではなかったかもしれない。それでも当時は、板で囲った家は贅沢だった。それだけ私たちのご先祖は厳寒と闘ってきたのである。

集中暖房、そしてスノーダストの近代建築に棲んでいる現代。貧しいという言葉は死語になってしまった。

人間万歳天地を持って酔っている
白旗を揚げ明日の日を信じたし
夢一つたどる泥舟かもしれず

縄のれん人間がいた父がいた

まだ燃える姿で燐寸の火は消され

祖母笑う孫も笑っておんなじ血

句読点母が打ってる夜の音

たくさんのいのちもらって秋くれる

泥酔へ影も他人の貌でいる

寒月光生きる話にして別れ

太陽も僕も落ちてた水たまり

新しい女に戻るキリトリ線
花屋から残りの時間買ってくる
燃えた恋失った恋そして冬

酒とろろ鬼に見つけた人くささ

夏の雲いのちがうたういのちが踊る

戻れないいのちを抱いて酒ほろろ

母の胸母の匂いにすねている

memoir.11

あたりまえのことながら、生涯で最も愛しているのは母である。母は美人だといまでも思っている。父が四十九歳で亡くなり、母は四十七歳で未亡人になった。ときどき母が念を入れて化粧しているときがあった。子供ごころにきっと淋しいのだなと思って、僕も悲しくなった。そんなとき母に意地悪をして母を怒らせたこともある。僕に関心を寄せてくれ、淋しさを忘れてくれることが嬉しかったのだ。

僕が結婚するに際して養子へいくことを母に告げると、「ひろおさえ良ければ母さんは反対しないよ」といって、結婚を喜んでくれた。そして着物を箪笥から取り出して「これは父さんの着古しだけど、ひろおに合わせて仕立て直したから、着るといいよ」といって、紬の着物をくれた。

母さんへの親孝行は、いつも元気な顔を見せてやることだと思った。亡父の命日は六月一日である。結婚してからもかならず命日には母に会いにいくことを約束して、それを実行した。亡父へ線香をあげに行くのではなく、母の部屋でごろっと横になっているだけである。仮眠をしている僕に母は丹前を掛けてくれた。それが僕には嬉しかった。

小さいとき母の胸で泣きじゃくったことが忘れられない。

白鳥へ恋しておとこ湖となる

忙中閑いのち一つを雲といる

ゆずりあう手が美しい椅子ひとつ

生きてます恋をしてます冬蛍

狼のけだるさ陽が炎ゆ地が眠る
母の手を握るやさしさごっこする
しゃっけい手温めあってる北の恋

愛と愛聞えています糸電話

浴びるほど飲んでいのちがころり寝る

汗ぽとりいのちのしずくうたとなる

戻る日へ丹精に画く島四つ

雪降ると美しくなる過去と過去

愛と憎つぎ目つぎ目に雪が降る

極楽にないものがある雪景色

女の腹に内臓していた弾薬庫

母眠るいびきよ木が泣き家が泣き

memoir.12

母は働き者であった。日中は家事のことに追われ、夜は仕立物の内職をしていた。母が夜なべをする茶の間の隣りに僕の勉強部屋があった。勉強部屋といっても茶の間と障子で仕切った暗い部屋であった。隅には机が置いてあったがほとんど炬燵に入って勉強をしていた。

ときどき母が声をかけてくれ、それに答えるのが嬉しかった。それは僕と母との二人きりの世界であったからである。

ある日、よっぽど母は疲れていたのだろう。大きな鼾が聞えてきた。

障子をそーっと開けて覗くと母は仕立て針を持ったまま眠りこけていた。そっと僕の丹前をかけてやると、鼾が止んだ。

昔の札幌ではマイナス十度を越えることがしょっちゅうであった。家の柱が凍りつき、梁がぎしぎしと音を立てて凍っていった。家中が歯軋りをして泣いてるようにぎしっ、ぎしっと音をたてていた。それは母が苦労を我慢している歯軋りの音に似ていた。

「母さん、もう朝だから寝よう」といって母を起こすと、「ひろお、まだ起きていたのかい、寝なさい」と逆に叱られた。家が泣く夜が明けた朝は快晴であった。母と眩しい朝を迎える日は嬉しかった。

そんな母と過ごした家は今は無い。

眠い目へじっと動かぬ夏の雲

陽炎へ着地できない竹とんぼ

母の眸が言い尽くしてる始発駅

箸割ってくれた夫婦になれぬ人
ブランコがふたつ夫婦でないふたり
逃げる愛追う愛燃える愛を抱き

生きる汗働く汗へ風ほろろ

退院日いのちへ新をつけてやる

生きているなにか言ってる書いている

母さんが真ん中にいたにぎり飯

生きてますまだ飲んでます書いてます
暗転のない人生で妻といる
太陽にいのちあずけて愛燦燦

春ほろろ少し多めに切手買う

雪女から追伸がきた四月

米櫃をひっかく母の遠い過去

帰らない勇気をくれた猛吹雪

大根の尻尾が母の皿にある

冷たさを冷たく歩く猫の足

来る来ない花びら二つだけ残る

memoir.13

僕の初恋は小学校五年生のときだった。

父が鉄道屋であったため、転校を余儀なくされた小学校時代だった。札幌の幌北小学校に入学したが、二年生のとき旭川の日章小学校へ、そして五年生のとき札幌に戻り、北光小学校に転校した。

転校の連続は僕に友達のいない孤独感を与えた。声をかけてくれる友達はいるのだが、そう簡単になじめるものではない。そんな孤独を慰めてくれたひとりの女の子がいた。

「これあげる」といって手に握らされたのは厚紙で型どった人形であった。まぶしいような女の子で、少しお尻がふくらんでいた。それから毎日、校門で女の子を待つ日が続いた。しかしなかなか会うことができなかった。

ところが、真夏のある日、豊平川に泳ぎにいったときであった。あの眩しい女の子が白いパンツ一枚で泳いでいるではないか。心臓がとまりそうになった。

それから晴れた日には豊平川に行き、女の子の来る日を待ち続けた。来る、来ない、来る、来ない、と花びらをむしりながら、僕は彼女を待ち続けた。しかし、ついに厚紙人形のお礼を言うことはできなかった。

そして僕は古希を迎えてしまった。

人間が好きで失恋ばかりする

働いて脱げば軍手に右ひだり

逢いにゆく雪ののんのんと闇を吸う

さよならを言えない恋を抱いて寝る

馬と寝た祖父母に芋の花が咲き

字足らずも字余りもよし独り酔う

いのち残照時間が地から湧いて来ず

ひとつ散りひとつ咲かせて男の譜

夜の音白紙がなにか言っている

蝶二匹舞ってる二人手をつなぐ

うなづけば昔むかしがまだ続き

古い恋ぶら下げた来た雪のんの

memoir.14

高校時代に汽車通学をしていたことがある。同じクラスの友達といつも一緒に通っていた。彼とはいたずらも勉強も夢も一緒にした仲間であった。

そんなある日、途中の銭函駅から可愛くて美人で明るい女学生が乗ってきた。

一瞬、わが目を疑い、自分の存在を見失った。そして僕はその女学生に吸い込まれてしまった。

友人に言った。

「あの女の子、知ってる？　前から汽車通学していたかい。どこの学校に行っているんだ。俺、今、恋人がいないんだ。あの子を恋人にしてもいいかい。お前、絶対横取りしないことを誓ってくれ」。

「かまわない。俺も手助けするよ。ガンバレよ」

それからの毎日が楽しくなってきた。乗車時間を調べて、同じ列車に乗ることにした。そして背中合せの座席に座り、告白のチャンスを狙った。そんな僕の悩みを知らない彼女は陽気にはしゃいでばかりいて、僕に関心を寄せてはくれなかった。

ある日、友達にラブレターを渡してくれることを頼んだ。

あれから三十年が過ぎた。友達が一枚の写真を持って来た。あの子の写真だった。二人は飲んだ。友達もあの子のことが好きだったことを告白した。外は雪が降り続いていた。

人間が好きで哀しい酔い河童

火種あるいのち一つを手で包み

キューピーが叱られている母の留守

生きるとは死ぬとは独り酔っている

筋書きのない母さんの手がぬくい

雪の闇人っこひとり酒とろろ

人間の悲しさばかり即興詩

晩年はまだかまだかと靴の底

ショーウィンドー買えない息でまたくもり

亡母いたら降りたと思う通過駅

雪降ると美しくなる過去と過去

雪はすべてを忘れさせ白紙に戻してくれる。恋もそれぞれの過去を忘れ、そこからは新しい恋が生まれてくる。

ひょんなことから一人の女性を好きになった。歳があまりにも離れているので、恋人とは呼べないようなものであるが、少なくとも嫌いではなかった。東京へいくといつも彼女を呼び出し、深夜遅くまで飲んだ。彼女はあまり酒に強い方ではなかったが、喜んで付き合ってくれた。お互い、過去の話はしなかった。そしていつの日か二人で合作の本を出したいなどと夢を語り合った。

札幌に戻ると猛吹雪であった。地の底から舞い上がる雪はまさしく地獄からの使者。すべての過去をもぎとり、未来への夢をも塞いでしまう。しかし、そこにあったのは純白の世界である。そこに何を描こうと自由であった。

その白い画布に彼女がいた。どんな吹雪であろうとも、一寸先が見えなくとも、一緒に生きて行くというのだ。

地吹雪が僕の息を塞いだ。そこに現われた彼女が僕の手を引いた。

「よし、一緒に生きよう」と彼女を抱きしめた。年齢などはどうでもいい。ともかく一緒に生きるのだ。

二人は手をつないだ。純白ほど美しいものはないことを知っていた。

memoir.15

あとがき

句文集「追憶ハ雪」の句を読んで、見たことのある句だな、と気付かれた方もいると思う。中には、収録句の短冊や色紙を持っていると言われる方もいるであろう。事実、この句文集に収めてある句のすべては、既に色紙や短冊に書いて、どなたかにおあげした句ばかりである。すなわち私の好きな句か、もしくは所望されて色紙や短冊に書いた句ばかりである。何故、このような句文集を出したかというと、一度自分の過去をたどってみたかったからである。

私の第一句集「根」は五人の共著であるが、三十歳のときに出版しているので二十九歳までの作品が載っている。十八歳からの約十年間の作品より一〇六句を掲載した。その中には公に色紙、短冊に書いた作品は無く、母に捧げた短冊が一句あるだけである。

命日を母は仏間にひそといる

母の部屋の柱に飾ってあったこの句の短冊は、その後兄が保存して、現在私の手元に戻ってきている。この句は私が短冊に書いた処女作品ということになる。それから第二句集は昭和四十九年に刊行した「喜怒哀楽」である。句集「根」以来の十年間をまとめたもので、川柳作句活動のなかでもっとも充実した時期であったのかもしれない。それだけに、この句文集には相当数の句が載っている。そして、それだけ色紙、短冊に書いたことになる。

それから句集「逃げ水」、句集「刻の砂」、「斎藤大雄句集」、選集「冬のソネット」、句集「春うらら雪のんの」、句集「真夜中のナイフ」と続く。その中から色紙、短冊に書いた句は約三〇〇句あり、その中からまた選択した句がここに納まっている。すなわち、この句文集に掲載されているものは二十代から七十代までの句の中から選抜した句であるということになる。それらの句を改めて振り返ってみると、川柳人生五十余年のあいださっぱり進歩していないことに気がつく。

それをあえて一冊に纏めることができたのは、新葉館出版の雨宮朋子編集員がいたからである。すべてをまかせて一冊にまとめてくれたその労力には計りしれないものがある。その上、私のわがままを許容してくれた「川柳マガジン」の松岡恭子発行人、齊藤大輔編集人、そしてスタッフ一同に謝意を表さなければならない。ここに満腔の敬意と謝意を表するしだいである。

平成十七年六月　ライラックの咲き誇るなかで

札幌・詩碧洞にて

斎藤　大雄

【著者略歴】

斎 藤 大 雄（さいとう・だいゆう）

1933年札幌市生まれ。現在・札幌川柳社主幹。北海道川柳連盟会長。日本川柳ペンクラブ副会長。(社)全日本川柳協会常務理事。

著書・句集「根」(共著・昭39)、「川柳講座」(昭41)、柳文集「雪やなぎ」(昭46)、句集「喜怒哀楽」(昭49)、句集「逃げ水」(昭54)、「北海道川柳史」(昭54)、「現代川柳入門」(昭54)、柳文集「北の座標」(昭58)、「川柳の世界」(昭59)、句集「刻の砂」(昭60)、「川柳のたのしさ」(昭62)、「残像百句」(昭63)、「斎藤大雄句集」(平3)、「情念句」(平4)、「川柳ポケット辞典」(平7)、「現代川柳ノート」(平8)、「情念の世界」(平10)、「斎藤大雄川柳選集・冬のソネット」(平11)、「川柳入門はじめのはじめのまたはじめ」(平11)、「選者のこころ」(平13)、「川柳はチャップリン」(平13)、「斎藤大雄川柳句集 春うらら雪のんの」(平14)、「川柳入門はじめのはじめのまたはじめ(改訂版)」(平14)、「現代川柳こころとかたち」(平15)、「名句に学ぶ 川柳うたのこころ」(平16)、「田中五呂八の川柳と詩論」(平16)。

追憶ハ雪

○

平成 17 年 7 月 3 日 初版

著 者

斎 藤 大 雄

発行人

松 岡 恭 子

発行所

新 葉 館 出 版

大阪市東成区玉津1丁目9-16 4F 〒537-0023

TEL06-4259-3777 FAX06-4259-3888

http://shinyokan.ne.jp E-Mail info@shinyokan.ne.jp

印刷所

FREE PLAN

○

定価はカバーに表示してあります。

ISBN4-86044-261-X